KB094424

당신의 미래가 반짝이기를

2023. 10.

매듭 정리

매듭 정리

이경희

위즈덤하우스

삶의 이유이자 의미인 가족들에게

사랑을 담아

소연이에게,

몇 년 만에 편지지를 샀어. 역시 이메일보단 손 편지가 너에게 전해질 가능성이 높을 것 같아서. 네가 이 편지를 받아볼 수 있는지는 여전히 의문이지만 말이야.

그동안 편지 못 해서 미안해. 어떤 얘길 들려줘야 좋을지 모르겠더라. 무슨 말을 해도 이미 했던 말들의 반복일 것 같았어. 같은 말을 다른 미사여구로 치장하기만 할 뿐이라면 무슨 소용일까 싶어 망설여졌어. 걸었던 길을 또 걷고 싶진 않았어.

시간이 필요했어. 이야기를 정리할 시간이.

어디서부터 시작하면 좋을까.

소연아, 너는 정말 총명한 아이였단다. 말을 어찌나 똑 부러지게 하는지 매일매일이 감탄의 연속이었어. 낙엽 떨어지는 모양이 쓸쓸하다고 말하는 22개월 아기는 아마 세상에 소연이 너 하나뿐일 거야. 잠들기 전에 "오늘 행복했어"라는 말을 들을 때 정말 뿌듯했지. 그 말의 진짜 의미를 알게 되기 전까지는 말이야.

너는 뭐든 혼자 척척 해내는 아이였어. 옷도 스스로 입고, 밥도 스스로 먹고, 카 시트 안전벨트까지 알아서 채웠지. 세상에 두 돌도 안 된 애가 자다 말고 혼자서 기저귀를

가는 걸 보고 얼마나 놀랐는지 몰라. 아빠는 아침까지도 그게 꿈인 줄 알았어.

어떤 육아책에서 읽은 건데, 드물지만 그런 아이들이 있대. 기질적으로 타고난 성향이 빠른 아이들. 남들보다 뛰어나다는 의미가 아니야. 그저 또래와 성장하는 순서가 조금 다른 것뿐이래. 어차피 중요한 건 빨리 가는 게 아니라 멀리 가는 거라나.

솔직히 그땐 조금 서운하기도 했어. 네가 내 도움을 거부하는 것만 같았거든. 부모로서 부족해서, 섬세하게 챙겨주지 못해서 아이가 빨리 성숙해진 건 아닐까 고민한 적도 많았어.

이런 얘길 할 때마다 주위 사람들은 무슨 그런 배부른 소리가 다 있느냐며 눈을 흘기지만, 그래도 서운한 마음이 드는 걸 어떡하니. 아빠는 하나라도 더 챙겨주고 싶은데 너는 입에서 밥풀 하나 흘린 적이 없었단 말이야.

물론 완벽한 너도 가끔 실수를 했어.
특히 순서를 헷갈려했지. 응가를 하고
나서 팬티를 내린다거나, "하나, 둘, 셋, 넷,
일곱, 다섯, 열" 하고 숫자를 잘못 센다거나,
"물 마시고 싶어"라고 말하는 대신 "물
마셨어"라고 말한다거나. 너는 순서대로 하는
걸 어려워했어. 이것저것 한 번에 해치워야만
성에 차는 모양인지.

그러고 보면 네 엄마도 비슷한 면이
있었던 것 같아. 약속 시간을 지독하게 못
지켰지. 한두 시간 늦는 정도는 애교였어.
연애할 때 참다못해 "5분만 일찍 출발하면
되잖아" 하고 투덜댔더니 엄마가 뭐라고
했는지 아니? 그 예쁜 눈을 동그랗게 뜨고는
"5분 전인지…… 어떻게 알지?"라는 거야.
꼭 엄청난 난제를 마주한 것 같은 진지한

표정으로. 에휴, 그때 눈치챘어야 했는데. 우리가 만난 건 운명이라는 그 말에 깜빡 속아서는. 알고 보면 별로 낭만적인 의미로 했던 멘트도 아니었는데. 그거 프러포즈 아니었다고 결혼식 날 정정해주는 경우가 어디 있어. 참, 네 엄마, 결혼식 날도 지각했어. 굉장한 사람이지?

그렇게 일찍 가버릴 줄 알았으면 아빠도 그런 말 안 했지. 지금도 후회하곤 해. 불평불만 조금만 덜 할걸. 한마디만 더 참을걸. 시간 없다는 잔소리도 하지 말걸. 운명이라더니. 이렇게 될 줄 한참 전부터 알고 있었으면서.

너를 키우다 보면 하루가 참 빠르게 흘러갔어. 눈을 뜨자마자 널 깨워 비몽사몽일 때 얼른 옷을 입히고, 식탁에 앉힌 뒤 TV를 보며 아침을 먹는 둥 마는 둥 하는 네 머리를 묶어주고, 억지로 밥 세 숟갈 먹이고, 수저와 물통을 챙겨 유치원 차에 태우고 나면 그제야 내 아침이 시작됐지.

곧장 부지런히 작업을 시작해도 모자란데, 솔직히 잘 안 됐어. 아빠가 하는 일은 고독이 조금 필요해. 내면 깊이 침잠해서 차분히 자신의 감정을 관찰할 여유를 가져야 하지. 하지만 내게 주어진 시간은 언제나 파편처럼 조각나 있었어. 피로에 찌든 몸으로 졸음과 싸우다 보면 금세 혼이 쏙 빠져버려서 원고를 몇 자 쓰기도 전에 소파에 드러눕기 일쑤였어.

깜빡 잠들었다 정신을 차리면 어느새 네가 돌아올 시간이 됐어. 부랴부랴 청소를 하고, 하원한 너와 놀이터에서 한 시간쯤 술래잡기를 하고, 아침에 했던 일들을 반복하고, 동화책을 열 권쯤 읽어서 겨우 너를 재우고 난 뒤에야 다시 책상에 앉을 수 있었어.

독한 커피로 쏙 빠진 혼을 두개골에 대충 주워 담고 밀린 메일과 교정지를 읽으며 키보드를 두드리다 보면 창밖이 밝아질 즈음에나 겨우 그날의 할당량을 채울 수 있었지. 말마따나 하루에 3천 자만 써도 한 달이면 소설책 한 권인데, 그게 참 쉽지 않더라.

마음이 복잡한 시기였어. 만족을 모르고 놀아달라며 떼쓰는 널 원망하다가도 고개를 들어 너와 눈이라도 마주치면 어쩜 이렇게나 예쁠까 감탄이 절로 나왔어. 감당할 수 없을 정도로 할 일이 쌓여 불안에 사로잡힐 땐 잠시 너를 꼬옥 안고 있으면 어떻게든 될 것 같은 근거 없는 자신감이 차올랐고. 반짝반짝 빛나는 네 눈동자를 바라볼 때마다 나도 모르게 흠뻑 미소 짓게 됐어. 너는 눈웃음이 엄마를 닮았어. 그래서 문득 눈물이 났어.

그거 아니? 육아의 세계엔 온통

'어머님'뿐이라는 거. 어딜 가도 사람들 입에 '어머님'이라는 단어가 버릇처럼 붙어 있어. 상담할 때도, 통화할 때도, 심지어 내 얼굴을 빤히 바라보면서도 선생님들은 나를 "소연이 어머님"이라고 부르는 실수를 해. 워낙 그 일을 오래 하다 보니 자연히 입에 붙어버려서 그런 거겠지만.

한번은 너와 문화센터에서 수업을 들은 적이 있어. 부모와 아이가 함께 간단한 체조를 배우는 프로그램이었는데, 거기서도 엄마만 찾더라. 꽤 많은 아이들이 할머니랑 왔는데도 그랬어. 엄마 얼굴 한 번 보고, 엄마 손 한 번 잡고, 엄마 보고 활짝 웃고. 체조 노래 가사를 듣고 당황한 너는 사방을 두리번거리다 결국 울음을 터뜨렸어. 아무리 해도 노랫말을 따라 할 수가 없어서.

수업 시간 내내 필사적으로 싸웠던 것

같아. 다른 노래로 바꿔달라고도 해보고,
호칭을 정정해달라고 요구하기도 하고, 선생님
입에서 "어머님"이라는 호칭이 튀어나올
때마다 매섭게 째려보기도 했어. 화가 났어.
첫 수업을 마치자마자 환불해달라고 소리치며
따진 기억이 나.

　집으로 돌아오는 길에 네가 그러더라.
애쓰지 않아도 된다고. 아빠가 슬퍼서 그러는
거라면 괜찮지만, 나 때문에 그런 표정을 지을
필요는 없다고. 지금 생각해도 놀라워. 너는
그때 겨우 네 살이었는데, 그 조그만 입으로
어떻게 그런 말을 할 수가 있지?

　잠시 후에 너는 이런 말을 덧붙였어.

　"소연이 예전에 우주 갔어. 거기서 엄마랑
체조해봤어."

　언젠가 하늘나라에 찾아가겠단 뜻인 줄
알았어. 동화책에서 비슷한 내용을 읽었나

보다 했지. 아직 시간 개념에 익숙하지 않을 나이니까. 이틀 전에 있었던 일도 내일 해야 할 일도 너는 죄다 어제라고 말하곤 했으니까.

이제는 알아. 그 사려 깊은 말들은 미래에서 빌려 온 언어라는 걸. 너는 정말로 우주에서 엄마와 만난 거겠지. 거기서 함께 체조를 했겠지. 혹은 발레를. 혹은 영어 동요 수업을. 혹은 감각 미술 체험과 로봇 코딩 교실을 다녔던 거겠지. 몇 번이고. 몇 번이고. 그런 일들이 셀 수도 없이 일어나고 있는 거겠지. 여전히 잘 이해되진 않지만.

그 후로도 꽤 오랫동안 너는 시간을 헷갈려했어. 어제인지, 내일인지, 했었는지, 해야 하는지. 매번 말이 꼬여서 일일이 표현을 고쳐줘야 했어. 초등학교에 입학한 뒤에도 말이야. 평소엔 너무나 총명하고 야무진 아이인데, 이상하게도 시간 앞에선 산만하고 혼란스러워했어.

걱정돼서 발달 검사를 받아본 적도 있어. 검사하는 선생님이 네 앞에 블록을 일렬로 늘어놓고 몇 개인지 세어보라고 하자 이번에도 너는 숫자를 뒤죽박죽으로 세었어. 선생님은 당황하지 않고 차분히 다시 물었어.

"소연아, 천천히 순서대로 세어줄 수 있어?"

그러자 너는 이렇게 되물었지.

"순서가 뭐야?"

원인은 찾지 못했어. 늦게 트이는 경우도 많으니 조급해하지 말라는 얘기만 귀가 아프도록 듣고 돌아왔지. 근데 어디 부모 마음이 그런가. 다그치면 안 된다는 걸 알면서도 나는 자꾸만 널 압박하고 말았어. 어린 네게 상처 주는 말을 했어.

고백하자면 아빠는 겁에 질려 있었어.

자식을 제대로 키우지 못하고 있다는 생각에 많이 불안했던 것 같아. 너를 위해서가 아니라, 나를 향한 시선과 평판에만 몰두하고 있었어. 네게 뱉은 못된 말들을 떠올릴 때마다 견딜 수 없이 후회되고 부끄러워져. 미안해. 아빠는 널 이해하지 못했어. 너를 이해할 능력이 없다는 사실을 인정하기까지 너무 오랜 시간이 걸렸어.

고민 끝에 우리는 규칙을 정했어. 문양이 그려진 카드를 사용해 네가 다음에 할 일을 표시해주기로. 아침에 일어나면 나는 네게 카드 뭉치를 쥐여줘. 첫 번째 카드는 언제나 별이야. 너는 별 모양이 그려진 곳을 찾아가서 거기서 해야 할 일을 해. 할 일을 마치면 너는 다음 카드를 뽑아. 그리고 거기 그려진 문양을 찾아 나서지. 그렇게 문양을 더듬어 할 일을 순서대로 추적해나갈 수 있었어. 느리지만 착실하게 카드를 따라가다 보면 하트가 그려진 베개 앞에서 우리의 하루가 끝이 났지. 우리는 조금씩 카드의 수를 늘려갔고, 너는 점차 복잡한 일도 할 수 있게 됐어. 가끔 짓궂은 친구들이 네 카드를 몰래 뒤섞는 바람에 학교에서 난리가 나기도 했지만.

카드의 수가 100장이 넘어갈 때쯤 슬슬 다른 방법이 필요해졌어. 우리는 스마트폰과 스마트워치를 구입했어. 처음에 너는 스마트폰 사용법을 익히는 걸 무척 힘들어했어. 그도 그럴 게, 컴퓨터라는 건 결국 순서대로 명령어를 실행하는 기계니까. 너와는 영 리듬이 맞지 않는 물건이었지. 네 친구들이 하나둘 구입하는 모습을 보면서도 마지막까지 미뤘던 것도 그래서였고.

다행히도 너는 스마트폰으로 일정 관리하는 법을 익히는 데 성공했어. 매일

밤 잠들기 전 우리는 책상에 앉아 다음 날 해야 할 일들을 의논하고 정리해 캘린더 앱에 입력했어. 아빠는 가능한 한 네 의견을 존중하고 싶었어. 하굣길에 들르고 싶은 곳은 없는지, 혹시 친구와 같이 놀기로 약속하진 않았는지. 언젠가 너 혼자서도 스스로 이 모든 걸 결정할 수 있게 되기를 바라면서 말이야. 캘린더 공유 기능 덕분에 돌발 상황에도 꽤 유연하게 대응할 수 있게 됐어.

너는 꿋꿋이 학교생활에 적응해나갔어. 학년이 올라갈수록 조금씩 쉬워졌지. 고학년이 되면 생활 패턴이 오히려 단조로워지는 법이니까. 몇몇 수업을 제외하면 그저 가만히 자리에 앉아 있기만 해도 되었어.

여전히 넌 또래보다 똑똑하고 총명한 아이였어. 무슨 질문을 해도 백과사전처럼 정답이 툭 튀어나왔지. 그럴 수밖에.

네게는 이미 정답지가 주어져 있는 거나 다름없었으니까. 초등학교 수학 문제 풀이에 대학생들이 배우는 미적분 공식을 적는 바람에 학부모 상담에 불려 간 적도 있었다니까.

그땐 너무 궁금했어. 그런 어려운 지식들이 어떻게 네 머릿속으로 흘러들어갈 수 있었는지 말이야. 비결을 물으니 너는 당연하다는 듯 이렇게 말했어.

"배웠으니까 알지."

"언제?"

너는 손가락으로 어딘가를 가리켰어.

"저기서."

"그게 무슨 말이야?"

"저기서 배웠다니까."

네가 가리킨 방향엔 빈 벽밖에 없었어. 내 눈을 뚫어져라 바라보던 너는 실망한 듯

시선을 돌렸어.

"모르는구나."

너는 설명하길 포기했어.

얼마 지나지 않아 네 말의 의미를
어렴풋이 이해하게 됐어. 열두 살. 그날은 네가
초등학교를 졸업하던 날이었어. 우리는 함께
차를 타고 예약한 식당으로 향하던 중이었지.
역시 졸업식 날엔 중국집에 가야 하는
법이라고, 촌스러운 너스레를 떨면서 말이야.

갑자기 네가 내 팔을 움켜쥐며 말했어.

"아빠, 그 길로 가면 안 돼."

이유를 물어도 너는 대답하지 않았어.
빨리 다른 길로 가라며 짜증스럽게 소리치는
통에 나도 덩달아 언성이 높아졌어. 하지만
결국 네 고집대로 핸들을 꺾을 수밖에 없었지.
그날은 졸업식 날이었잖아. 평생에 하루뿐인

네가 주인공인 날. 우리는 편한 길을 두고 굳이 좁고 복잡한 골목을 멀리 돌아 겨우 식당에 도착했어.

자리에 앉자마자 이유를 알았어.

TV에서 긴급 속보가 나오고 있더라. 우리가 지나가려던 바로 그 길에서 공사 중인 빌딩이 무너졌다는 소식이었어. 잔해에 깔려 많은 사람들이 다쳤다고. 커다란 철근 콘크리트 덩어리에 짓눌리는 자동차들의 모습이 잔인할 정도로 반복 재생되고 있었어.

자연히 네게 시선이 향했어. 너는 조금도 놀라지 않은 얼굴이었어. 아무 일도 아니라는 듯 평온한 표정이었지. 데이트에 지각했을 때의 네 엄마처럼.

"알고 있었구나?"

너는 고개를 끄덕였어. 그리고 이렇게 되물었어.

"아빠 몰랐어?"

많은 게 설명되는 순간이었어.

❖

집으로 돌아오는 내내 너와 다투었어. 너에 대해. 네가 할 수 있는 일들에 대해. 네가 세상을 바라보는 방식에 대해. 적어도 한 가지는 분명했어. 그날 너는 미래를 보았어. 그 길에서 사고가 날 걸 알고 있었고, 많은 사람들이 다치게 될 것도 알고 있었어.

당연한 의문이 뒤따랐어. 너는 왜 사람들을 내버려두었지? 어쩌면 그들을 구할 방법이 있었을지도 모르는데. 적어도 몇 명은 살릴 수 있었을 거야. 내게 살짝 귀띔해주기만 했더라면.

하지만 너는 그러지 않았어. 도저히

납득할 수 없는 행동이었어.

입을 꾹 닫고 소파에 웅크린 너를 지독하게 몰아붙였어. 답을 알고 싶었어. 평생 동안 천착해온 질문의 답을 찾고 싶었어. 네 엄마의 비밀에 대해. 지독히도 약속 시간을 못 지켰던 그 사람의 사연에 대해. 조바심에 해선 안 될 말까지 뱉어버렸어.

"아빠한테 소연이 너 같은 능력이 있었으면 엄마 살았을 거야."

너는 고개를 들어 나를 노려봤어. 네 엄마와 똑 닮은 눈에 분노가 가득했어.

"그런 식으로 되는 거 아니야."

"그럼 어떤 식으로 하는 건데?"

"결과를 알고 나면 막을 수가 없어."

"왜?"

"매듭을 묶었으니까. 왜 이 당연한 걸 모르는데?"

"매듭?"

"아빠는 이해 못 해."

그 말이 맞아. 아마 나는 평생 이해하지 못할 거야. 나는 네가 바라보는 것처럼 세상을 바라보는 법을 모르니까. 네가 살아가는 우주의 형태를 상상조차 할 수 없으니까. 나는 네게 아무것도 해줄 게 없었어. 악몽 속에 들어가 대신 싸워줄 수 없는 것처럼.

부모면서.

치기 어린 억지를 부리며 널 식탁에 데려가 앉혔어. 나는 손가락으로 식탁 위를 두드리며 차갑게 널 추궁했어.

"유소연. 설명해. 지금 당장."

너는 처음으로 비밀을 털어놓았어.

"……엄마가 가르쳐준 거야."

솔직히 네가 하는 말의 반의반도 알아듣기 어려웠어. 설명을 들으면 들을수록 오히려 더 막막해졌지. 내가 네 말을 얼마나 이해했는지 모르겠어. 어땠니? 조금은 알아들었던 것 같아? 그랬으면 좋겠다. 네 세상의 한쪽 단면이나마 공감해줄 사람이 있다는 위안이 되길 바라니까.

한번 설명해볼게.

네 관점에서 시간은 흐르지 않아. 과거, 현재, 미래, 그 외 모든 시간 방향들을 너는 동시에 경험해. 모든 현실이 이미 고정된 상태로 존재하고 있고, 우리는 그걸 빛처럼 빠르게 건너뛰고 있을 뿐이야. 여기까진 이해하기 어렵지 않았어. 아인슈타인 얘기잖아. 상대성 이론. 유튜브만 찾아봐도 비슷한 얘길 지겹게 들을 수 있지.

한 걸음 더 나아가서, 너에게 우주는 하나가 아니야. 매 순간 무수히 갈라져 가지를 뻗어나가는 가능성들의 집합이지. 한없이 분화하는 무한 개의 평행우주들. 네 인생의 모든 가능성들이 네 눈앞에 펼쳐져 있어.

그다음 얘기부터는 솔직히 이해하기 어려웠어. 너만의 독특한 표현들이 생각나. 시간에는 앞뒤만 있는 게 아니라고. 방향을 꺾고 점프하고 우회할 수 있다고. 아빠가 모르는 많은 방향 축들이 존재한다고. 지평면(地平面) 너머에 있는 또 다른 우주가 보이지 않느냐고. 시간의 두 번째 축이라는 개념을 아무리 상상해보려 해도 머릿속에서 이미지가 그려지지 않더라.

그 모든 시간들이 동시에 너를 향해 다가오는 것처럼 느껴진다고 너는 말했어. 우주의 먼지에 불과한 인간이 망원경 하나로 온 우주의 별빛을 관찰할 수 있듯, 너의 두 눈은 똑같은 방식으로 시간 저편을 바라볼 수 있다고. 시간의 망원경. 너는 너 스스로를 그렇게 표현했어.

네 행동이 산만하게 느껴졌던 것도
당연해. 네겐 일의 순서라는 게 없는 셈이니까.
과거와 현재와 미래가 눈앞에 동등하게
펼쳐져 있을 테니까. 무한한 가능성의 우주를
헤엄치는 네게 옷을 입고 벗는 순서 따위는
너무나 사소한 문제였겠지.

"우주에 존재하는 모든 유소연의 삶을
알아. 무수한 가능성들. 그건 모두 나니까."

빨대로 능숙하게 아이스커피를 저으며
네가 말했어. 그 모습이 너무나 당연해 보였어.
이전까지 한 번도 마시는 걸 본 적 없는데.

"다른 우주에 존재하는 유소연의 삶을 볼
수 있다고?"

"아니. 경험해. 동시에. 전체를."

네 말뜻을 이해 못 한 내가 멍하니 널
바라보고만 있자 넌 작게 한숨을 쉬었어.

"도서관에서 소설책을 읽는다고 상상해봐. 책에는 소설의 시작부터 결말까지 모든 이야기가 이미 확정된 상태로 존재해. 나는 손대지 않고도 책의 모든 페이지를 동시에 읽을 수 있어. 심지어 도서관에 존재하는 모든 책을 동시에 읽을 수도 있어. 물론 유소연이 등장하는 페이지만 읽을 수 있지만."

"책장에 꽂힌 책의 수는 무한히 많고?"

"맞아. 보르헤스 소설처럼."

"언제부터 그랬어?"

"모든 경험에 선행해서."

쪼르륵. 너는 커피를 한 모금 들이켰어. 유리컵을 내려놓는 우아한 손짓마저 어른스러웠어. 퍼뜩 정신을 차린 나는 네게서 커피를 빼앗았어.

"아직 마시면 안 돼."

"아, 맞다. 나 열두 살이지."

나는 주스가 담긴 컵을 네게 내밀며
물었어.

"엄마가 가르쳐줬다는 게 무슨 뜻이야?
엄만 널 낳자마자 돌아가셨잖아."

"내가 태어나고 엄마가 죽기까지 15분의
간격 사이엔 무한한 경우의 수가 존재해.
그중엔 희박하지만 엄마가 살아남을 가능성도
포함되어 있고, 그 경우의 수 또한 무한해.
우린 그 비좁은 확률 속에서 만났어. 무수히
많은 삶의 가능성들을 함께 경험하며 나눌
수 있는 모든 대화를 나눴어. 매듭짓는 법도
거기서 배웠고."

"매듭이 대체 뭔데?"

"매듭은 선택이야. 여러 가능성 가운데
하나를 고르는 일. 시간 축에 매듭을 묶으면
중첩되어 있는 나머지 선택지는 사라지게
돼. 무한히 발산하는 확률에 간섭해 현실을

하나로 고정해. 그 속에서 남들과 똑같은 시간을 사는 거야. 일시적이지만. 지금 우리가 대화할 수 있는 것도 그래서야. 나는 아빠를 위해 아주 많은 가능성들을 배제하고 있어. 배제한 삶도 남은 삶도 여전히 무한히 많지만."

"가능성을 배제한다고?"

"잘 봐."

너는 선서하듯 오른손을 들어 보였어.

"방금 왼손을 들 수도 있었어. 하지만 난 오른손을 선택했어. 매듭을 하나 묶은 거야. 내가 오른손을 들기로 결정한 순간 왼손을 들어 올린 우주는 모두 사라졌어. 그 우주들은 이제 존재하지 않아. 오직 내 기억 속에만 남아 있지. 우주의 절반이 소멸한 거야. 그래도 여전히 남은 우주의 수는 무한해. 무한을 반으로 나눠봐야 무한이니까. 아까보단 작은 무한이지만 여전히 무한하지."

"무슨 말인지 이해가 안 돼."

"당연해. 아빠는 무한을 이해할 수 있을 거라 생각해?"

답하기 어려웠어. 나는 다른 걸 물어보기로 했어.

"너는 사고를 막을 수 없다고 했어. 왜 그렇지?"

"매듭을 묶었으니까. 내가 이 현실을 선택했으니까. 아직도 모르겠어? 나는 다른 모든 가능성을 포기하고 아빠를 살린 거야. 여길 선택한 거라고."

"경우의 수는 무한하다며."

"가짓수가 무한하다고 해서 뭐든 가능하다는 의미는 아니야."

"그래도 어쩌면 사람들을 살릴 방법이……."

"아빠! 그만 좀 해!"

너는 결국 소리를 질렀어.

"그곳에서 나는 무한히 많은 사람들의 죽음을 봤어. 그중에 고작 열두 명을 살린다고 대체 뭐가 달라지는데? 아빠는 왜 그렇게 이해를 못 해?"

너는 들고 있던 컵을 바닥에 던졌어. 산산이 부서지는 유리 조각들을 바라보며 나는 그 컵이 깨지지 않아도 되었을 가능성에 대해 생각했어. 혹은 다른 방향으로 조각이 튈 가능성들을. 한없는 경우의 수들을 헤아리고 있자니 머릿속이 아득해졌어.

네가 방으로 들어가 문을 닫을 때까지 나는 아무 말도 하지 못했어.

우리의 대화가 그렇게 끝날 수밖에 없었다는 건, 결국 어떤 선택지를 택하더라도 내가 너를 이해하는 결말은 존재하지 않는다는 거겠지.

혼자 열심히 상상해보는 수밖에 없었어. 그날 네게 무슨 일이 있었던 건지.

어떤 철학책에서 이런 문장을 읽은 적이 있어. 인간에게 시간이 존재하는 이유는 삶의 슬픔이 한꺼번에 찾아오는 일을 막기 위해서라고. 그렇다면 시간이 존재하지 않는 네겐 모든 슬픔이 한꺼번에 찾아오는 걸까? 그날도 너는 온 우주의 슬픔을 홀로 감내하고 있었던 걸까?

어쩌면 네 엄마도 그랬던 건 아닐까. 그 사람은 죽음을 택했어. 분만실에서 죽지 않고 살아남을 확률이 존재했는데도 그 가능성을 스스로 지워버렸지. 눈앞에 펼쳐진 무한한 선택지를 치우고 죽음이라는 하나의 상수로 영원히 수렴해버린 거야.

그 행동이 무엇을 의미하는지 나는

추측조차 불가능해.

　일주일쯤 지나서 네가 화해의 손길을
내밀었어. 보고 싶은 영화가 생겼다면서. 어릴
적부터 너는 영화를 참 좋아했어. 거의 유일한
취미였지. 너는 팝콘도 음료도 없이 오로지
스크린에만 집중했어.

　영화는 평범했어. 뇌가 근육으로 가득 찬
형사가 주먹 하나로 모든 문제를 해결하는
단순 무식한 액션 무비. 너는 눈썹 한 올
꼼짝하지 않고 영화에 집중했어. 영화가
끝나고 하나둘 자리를 뜨는 순간에도 마치
조각상처럼 굳어 있었지.

　모두가 떠난 후에야 너는 입을 열었어.

　"영화가 세상에서 제일 좋아. 시작부터
결말까지 모든 게 고정되어 있잖아. 뭐가
최선인지 고민할 필요가 없어. 어차피

아무것도 바뀌지 않으니까."

부러워.

너는 분명 그렇게 속삭였어. 들리진
않았지만.

돌아오는 길에 너는 엄마에 대해 물었어.
엄마랑도 이렇게 데이트했었냐고. 네 말투에서
엄마도 분명 영화를 좋아했으리란 확신이
느껴졌어.

극장에서 데이트한 적 있냐고? 하하. 그건
말도 안 되는 소리지. 왜냐면 엄마가 영화 시작
시간에 맞춰서 도착할 수 있을 리가 없으니까.
우린 한 번도 극장에서 함께 영화를 본 적이
없었어.

그 얘길 했더니 네가 묘한 미소를 짓더라.

"나도 처음엔 많이 서툴렀어. 가끔 내
행동의 순서가 뒤죽박죽처럼 보이는 건
그래서야. 일단 원하는 결과에 매듭을 묶긴

했는데, 개연성을 조율하는 과정이 엉망이었던 거지. 엄마가 자주 데이트에 늦었던 것도 아마 비슷한 이유였을 거야. 그 사건들이 엄마의 삶 속에서 가장 초기에 결정된 매듭이라는 뜻이지. 엄마는 다른 무엇보다도 먼저 아빠를 선택했어. 아빠와 함께한 시간들을. 하지만 처음이라, 매듭을 묶는 일에 서툴러서 약속 시간에 딱 맞춰 도착하는 선택지들을 정확히 짜 맞출 수가 없었던 거야."

너는 내 뺨을 쿡 찌르며 장난스럽게 결론지었어.

"안심해. 아빤 엄마 인생에서 가장 우선순위가 높은 사람이야."

그 말을 들으니 조금 위안이 됐어.

분위기에 취해 평소보다 훨씬 많은 용돈을 네 주머니에 찔러주었어. 그리고 한참 후에야 아뿔싸, 내가 속았다는 사실을 깨달았지.

어떻게 말해야 내가 용돈을 줄지 넌 이미 알고 있었던 거잖아.

　그날 이후로 우리는 조금씩 너에 대해 함께 알아가기 시작했어. 네가 어떤 존재인지. 어떤 감정을 느끼는지. 무엇을 원하는지. 어떻게 살아야 하는지. 너의 인생에 대해 의논했어. 여전히 모호한 비유로 에둘러 표현할 수 있을 뿐이었지만 말이야.

　우리는 특히 매듭에 대해 치열하게 토론했어.

　"나는 아직 도서관 이곳저곳을 기웃거리는 중이야. 어느 책을 고를지, 어떤 페이지를 펼칠지 따져보는 중이랄까. 무척 조심스러워. 소설 주인공이 나거든. 읽기 전엔 표지를 바라보며 마음껏 줄거리를 상상해볼 수 있지만, 일단 책장을 넘기고 나면 머릿속에 딱

한 가지 이야기만 남으니까."

"안 읽으면 되잖아. 원래 책 사놓고 안 읽는 독자가 최고야."

"나는 사서로만 남고 싶지 않아. 물론 사서도 매력적인 직업이지만, 이건 내 이야기잖아. 나는 결국 한 권의 책을 골라야 해. 유소연이라는 책의 독자가 되어야 해. 내 손으로 책장을 넘기고 줄거리를 결정해야 해."

너는 네 삶에 더 많은 매듭을 묶고 싶어 했어. 네 삶의 나머지 가능성을 지우고 하나의 현실로 수렴하고 싶어 했어. 남들과 똑같은 시간을 살고 싶다고. 이해할 수 없었어. 무한한 자유를 버리고 단 하나의 운명에 고정되고 싶다니. 정해진 결말을 향해 길을 따라 걸을 뿐인 초라한 존재로 추락하겠다니.

나는 모든 매듭을 묶어버린 널 상상해봤어. 이건 내 머리로도 이해할 수 있겠더라. 선택을 마친 너는 앞으로 펼쳐질 미래를 알아. 하지만 이미 결정된 미래에 순응해 정해진 대로만 행동할 수 있어. 마치 대본대로 연기하는 연기자처럼. 소설 속 주인공처럼. 왜냐면 네 현실은 이미 고정되어 버렸으니까.

갑자기 네 엄마가 말했던 운명이란 단어가 전혀 다른 의미로 들리기 시작했어. 그 사람의 운명은 내가 아니었던 거야. 나와 결혼해 너를 낳기까지의 과정 전체였지. 엄마는 이미 모든 결말을 알고서 아빠를 만난 걸까? 우리의 결혼은 그저 정해진 시나리오에 불과했던 걸까? 너는 아니라고 했지만, 의심을 떨치기가 쉽지 않았어.

이해는 했어. 하지만 납득할 수는 없었어. 처음부터 끝까지 모든 게 결정된 삶이라니. 네 엄마가 평생 동안 이룩한 모든 일들이, 노력이,

그 사람의 빛나는 매력과 재능이 겨우 나 같은
사람과 만나 너를 낳기 위해서만 존재했다니.
그건 그 사람에 대한 너무나 큰 모욕이었어.
소연아, 엄마는 그것보다 훨씬 대단한 삶을
누릴 자격이 있는 사람이었어.

그런데 너마저 그런 삶을 살겠다니.

네가 엄마처럼 되지 않았으면 했어.
너까지 그런 삶을 살아선 안 됐어. 만약
운명이라는 게 정해져 있다면, 너는 그 운명과
싸우는 사람이길 바랐어. 네가 묶어버렸다는
시간의 매듭을 파헤쳐 풀어버리고 싶었어.
이렇게 말하면 너는 또 오이디푸스 얘길 하며
운명에 저항하는 행위조차 그 운명 속에
포함되어 있다고 반박하겠지만 말이야.

네가 엄마 배 속에 웅크리고 있던 열
달 동안, 엄마랑 아빠는 언제나 너에 대해

이야기하곤 했어. 너를 어떤 아이로 키워야 좋을지. 부모로서 우리가 무엇을 해줄 수 있는지. 무엇을 해선 안 되는지. 이전까지 한 번도 경험해보지 못한 버거운 책임감을 느끼며 빼곡한 리스트를 정리하고 또 정리했지. 그중엔 네 자립심을 길러주는 칭찬의 말들도 아주 많이 포함되어 있었어.

실은 네가 날 닮으면 어쩌나 많이 걱정했어. 뭐랄까, 아빠 좀 이상한 사람이잖아. 지독한 반항아이기도 했고. 네 할아버지가 예전에 아빠한테 뭐라고 했는지 아니? 자기도 참 이상한 사람인데, 나처럼 이상한 인간은 처음 본다는 거야. 그럴 만도 해. 남들이 하는 대로는 죽어도 안 했거든. 하루가 멀다 하고 부모님께 대들었어. 욱해서 욕하다 뺨을 얻어맞은 적도 많았지. 네가 엄마 배를 발로 걷어찰 때마다 나는 간절히 기도해야 했어.

부디 저 발길질에 엉덩이를 차일 일이 없어야 할 텐데 하고 말이야.

몇 번이나 다짐했어. 나는 네게 세상을 가르치는 사람이 아니라 소개하는 사람이라고. 내가 믿는 옳고 그름을 절대 강요하지 않겠다고. 네가 조금 길에서 벗어나더라도 든든한 조력자가 되어주겠다고. 설령 네 장래 희망이 병뚜껑 수집가였어도 아빠는 널 믿고 지지했을 거야.

그런데 웬걸. 내 딸이 되레 정해진 길로만 가겠다고 고집을 부릴 줄이야. 그건 상상조차 해본 적 없는 상황이었어. 전혀 대비가 되어 있지 않았지. 보통은 반대니까 말이야.

열심히 공부했어. 시간에 대해. 확률과 무한에 대해. 양자와 우주를 둘러싼 해석들에 대해. 평생 마주하리라 생각한 적도 없는 수학 이론과 기하학 공식들을 억지로 머리에 구겨

넣었어. 하지만 어디에도 네 상태를 설명해줄 수 있는 이론은 없더라. 그렇다고 포기해버릴 수는 없었어. 무한에 갇힌 너를 어떻게든 구하고 싶었어. 억지를 부려서라도.

너의 중학 시절 내내 우리는 저녁마다 식탁 위에서 혈투를 벌였어. 언어와 수학으로 이루어진 창과 방패가 서로를 향해 날아다녔지. 하지만 너는 점점 더 많은 매듭을 묶었고, 나는 그걸 막을 방도가 없었어.

내가 매섭게 몰아세울 때마다 너는 이렇게 반박했어. 제발 전체를 보라고. 아빠 눈에 보이는 단면만 생각하지 말라고. 왜 이해를 못 하는 거냐고. 판에 박힌 듯 똑같은 대화가 반복됐어. 대화가 끝날 무렵이 되면 너는 당당히 선언했지.

"아빠. 어차피 아빠는 나 못 막아. 내가 매듭을 묶어버리면 그만이니까."

그럼 나는 어떻게든 널 구슬리려 애를 썼지.

"소연아, 하지 말라는 게 아니잖아. 우리 한 번만 더 생각해보고 신중하게……"

문득 그런 생각이 들더라. 뭐가 다르지? 죄다 진부하게 느껴졌어. 우리가 나누고 있는 모든 대화가 말이야. 결국 너는 아빠 딸이 맞나 봐. 아빠가 할아버지의 아들이듯이. 나는 내가 가장 되고 싶지 않았던 부모의 모습을 하고 있었어.

생각해보면 어차피 나는 너를 이길 수 없어. 내가 네게 들려주는 말들도 결국 네가 선택한 결과일 뿐이니까. 나는 너의 선택에 갇혀 있어. 네가 고정한 현실에 매여 있는 납작한 존재일 뿐이야. 너는 내가 인지할 수 있는 세계 바깥에 서 있어.

그런 의미에서 너는 한없이 자유로워.

자유롭지 못한 건 오히려 나지.

네 결정을 존중해보려 노력했어. 기왕이면
네가 더 행복한 삶을 선택하길 바라면서.
궁금해졌어. 네가 선택한 미래가 어떤
모습일지. 무한한 가능성 중에 네가 택한 단
하나의 행복이란 대체 어떤 형태일지.

지나가는 말로 슬쩍 물었더니 너는 의외로
순순히 알려주었어.

"나는 일흔 살에 우주여행을 해. 그때가
되면 기술이 엄청 발전해서 다들 태양계
밖으로 여행을 떠나거든. 상상할 수 없이 먼
곳까지. 다시는 지구로 돌아올 수 없으리라는
불안을 안고서 나는 우주선에 올라. 웜홀
게이트를 통과해 대체 어디인지도 모르는
저편에 도착해."

그런 미소를 짓는 너는 처음 보았어.

"……평생 그보다 더 아름다운 광경은 못

볼 거야."

그 풍경이 얼마나 아름다운지는 영원히 알
수 없지만, 네 표정만 봐도 마음이 흐뭇해졌어.
네 미래를 조금 더 알고 싶어졌어.

"거기서 무슨 일을 하게 되는데? 직업은
뭐야?"

"이것저것. 그 시대엔 직업 같은 건
무의미해져."

"연애는?"

"질릴 만큼 하지. 정말 많이 웃고 많이 울어."

"혹시 결혼도 해?"

"그럼."

"누구랑? 어떤 사람이야?"

"있어. 완전 양아치 같은 애. 팔에 커다란
문신도 했고. 아빠 걜 엄청 싫어해서 허락 못
하겠다고 버텨. 저딴 문신 양아치랑은 죽어도
안 된다면서. 아빠도 나도 미친 듯이 서로를

물어뜯어. 우리 둘 다 고집이 보통 아니잖아.
그날의 상처가 너무 커서 몇 년 동안이나
연락이 끊길 정도지. 그러다 언제 그랬냐는
듯이 아이고 우리 손녀 예쁘다, 예쁘다, 하면서
노래를 불러. 하여튼 진짜 웃긴다니까."

조금 질투가 났어.

"그놈 어디가 그렇게 좋은데?"

"놈이라고 안 했는데?"

"아무튼, 이유나 들어보자. 어떤
인간이길래 예쁜 우리 딸을 홀려놨는지."

"음……."

네 대답은 이랬어.

"무한히 발산하는 나를 한없이 하나의
현실에 가깝게 만들어주는 사람."

그렇게까지 말하는데 싫어도 인정할
수밖에 없었지.

"다행이다."

"뭐가?"

"마음에 드는 사람을 만나는구나 싶어서."

너는 조금 다른 미소를 지었어.

"그 우주는 사라졌어. 오래전에."

너는 천천히 고개를 돌려 나를 보았어.
이미 결심을 마쳤다는 얼굴로. 내가 너를
자극한 걸까? 내가 너의 연인에 대해 물었기
때문일까? 하지만 그 질문마저도 네 선택의
일부인걸. 모르겠어. 여전히 나는 네 삶에 대해
무엇 하나 확신할 수가 없어.

"미안. 방금 매듭을 묶었어."

네가 말했어.

"아빠, 나는 죽어."

당연히 그렇겠지. 누구나 그러니까.

지금 당장 죽겠다는 말이 아니었잖아. 네
입장에서는 억겁의 시간이 흐른 뒤에야
벌어질 일이었겠지.

하지만 딸에게 그런 말을 들은 내 기분은
어떻겠니. 너도 참 너무해. 굳이 그런 말을 할
필요까진 없었잖아.

이전부터 너는 몇 번이나 비슷한 말을
했었어. 한없이 0에 가까워지는 게 아니라
진짜 0으로 수렴하고 싶다고. 아무리 선택지를
줄인다 한들 여전히 네게 남은 선택지는
무한해. 선택지와 선택지 사이에는 여전히
무한한 선택지가 존재할 테니까. 제논의 역설.
선택하고 선택해도 네 삶은 영원히 끝나지
않아.

무한한 삶에서 무한을 지우는 방법은
하나뿐이야. 네 삶의 수식이 최종적으로
수렴할 목적지를 정하는 것. 변수를 모두

0으로 만들어 하나의 상수만을 남겨두는 것.

너는 언제나 죽음을 원했어.

이미 오래전부터 각오하고 있던 일이었지.

❖

그날은 아침부터 기분이 이상했어.

아직 일어날 시간이 아닌데도 눈이
떠졌고, 어느 때보다도 머릿속이 맑은
느낌이었어. 떨어지는 물방울 하나까지
손으로 붙잡을 수 있을 것 같았지. 기온도,
습도도, 창밖에서 불어오는 바람의 세기마저도
완벽했어.

너는 창가에 앉아 쏟아지는 햇살을 맞으며
미소 지었어. 나는 약불로 달군 프라이팬에
버터 한 조각과 식빵 두 조각을 올려두고
새로 산 원두로 드립 커피를 내렸어. 아무

말 없이. 살짝 웃으며. 라디오에선 기분 좋은 음악이 흘러나왔고, 너는 그 멜로디를 따라 하듯 흥얼거렸어. 달걀이 익으며 식용유를 튀기는 소리마저 근사했어. 우리는 잘 구워진 토스트에 사과잼을 발라 크게 한 입 베어 물었어.

완벽한 시작이었어.

진한 커피향이 거실을 가득 채울 즈음 네가 말했어.

"오늘은 학교 안 갈래."

나는 이미 알고 있었어.

오늘이구나.

이상하리만치 마음이 차분해졌어. 무슨 말을 해야 네 결말을 바꿀 수 있을까 수천 번도 넘게 고민했는데, 막상 그 순간을 맞이하자 그런 건 아무 상관도 없었던 일인 양 생각이 가루처럼 흩어져버리고 말았어.

우리는 극장에 갔어. 네가 제일 좋아하는
영화의 후속작을 보고, 나오자마자 다음
회차를 끊어 한 번 더 감상했어. 그런 다음
네가 제일 좋아하는 식당의 제일 좋아하는
메뉴를 나눠 먹으며 우연히도 네가 제일
좋아하는 노래가 스피커에서 흘러나온 순간을
즐겼어. 그러는 사이 네가 제일 좋아하는
영화배우가 아카데미 시상식에서 바람난
남편의 머리를 오스카 트로피로 내려쳤고,
내가 제일 싫어하는 정치인이 멍청한
스캔들로 아주 개망신을 당했어. 우리는
깔깔거리며 웃음을 터뜨렸어. 기뻤어. 동시에
울음이 날 것도 같았지만.

　　우린 잠시 카페에 앉아 침묵을 나눴어.
평생 주고받은 말보다 그 짧은 시간 동안
지어 보인 표정들 속에서 너에 대해 알게 된
사실이 더 많았을 거야. 이상하게도 네 아기 때

생각이 자꾸 나더라. 언제 그렇게 훌쩍 커버린 건지. 시간이란 참 신비롭지. 실은 존재하지도 않는데.

이윽고 네가 기지개를 켜며 몸을 일으켰어.

"오늘 정말 행복했어."

표정을 보자마자 알았어. 네가 밤마다 내게 들려주었던 그 말이 지금, 이 순간으로부터 전해진 목소리였다는 걸. 너는 언제나 그런 표정이었단다. 아주 어릴 적에도. 그보다 더 어릴 적에도. 생일날에도. 크리스마스이브에도. 문득 네가 한 번도 잠든 적이 없었을 거란 생각이 들었어. 잠을 청할 틈 따위가 있을 리 없지. 네 눈앞엔 언제나 무한한 선택지가 들이밀어졌을 테니. 꿈의 순간들은 매번 우선순위에서 뒤로 밀려나야만 했겠지. 결말이 찾아올 때까지 너의 모든 시간은 오늘이었어.

너의 오늘이 저물어가고 있었어.

멋진 작별 인사를 건네고 싶었어.

그런데 아무 말도 나오지 않더라. 아빤 그저
머뭇거리며 "소연아" 하고 네 이름을 불러줄
수 있을 뿐이었어.

"일어나, 아빠. 슬픔 너머를 보러 가야지."

너는 재촉하듯 내 팔을 끌어당겼어.

그 순간, 건너편 빌딩에서 불길이
치솟았어.

빌딩을 향해 몸을 돌리는 네 손을 다급히
붙잡았어. 우습게도 나는 너를 막아섰어. 종일
너를 설득할 기회가 있었는데도 말 한마디 못
했으면서.

"소연아, 그 길로 가면 안 돼."

너는 왜냐고 묻지 않았어. 대신 나를
안심시켰지.

"괜찮아, 아빠. 이건 어차피 모두가 한 번은 걸어야 할 길이고, 내가 걸을 차례가 되었을 뿐이야. 엄마도. 엄마의 엄마도. 엄마의 엄마의 엄마도 같은 길을 걸었어. 언젠가 아빠도 걷게 될 테고."

"알아. 아는데."

"여긴 우리 시간이 끝나는 지점이 아니야. 고개를 돌려서 저쪽 방향으로 나아가면 되는걸. 그럼 또 다른……."

너는 말을 멈췄어.

"……안 보이는구나."

나는 네가 어딜 보고 있는지 알 수 없었어. 그저 추측할 수 있을 뿐이었지. 시간의 두 번째 차원을. 또 다른 축들을. 머리로는 결코 이해할 수 없는 방향들을.

너는 차근차근 이유를 설명했어. 이번엔 내가 이해할 수 있는 형태로.

"저기 채승아가 있어."

"그게 누군데?"

"그 사람이 누구인지는 중요하지 않아. 다만 내가 기억하는 건, 거의 모든 우주에서 채승아는 현장에 출동한 소방관에게 구조된다는 사실이야. 그 소방관의 이름은 문효원이고, 내 초등학교 졸업식 날 아빠가 차를 돌린 위치에서 1.7킬로미터 떨어진 사거리에 있었어."

너는 쓸쓸히 설명을 이어나갔어.

"우리가 억지로 도로를 빠져나가는 동안 조금씩 교통 정체가 일어났어. 그 영향은 미미하지만 1.7킬로미터 후방까지 전해져서, 문효원은 원래라면 지나쳐야 했을 사거리를 건너지 못하고 살짝 뒤로 튀어나온 위치에 차를 세워야 했어. 그리고 트럭이 그 위치를 덮쳤지. 그래서 채승아는 죽게 돼. 자신을 구하러 올 소방관이 사라졌으니까."

너는 시커먼 연기가 뿜어져 나오는 빌딩을
바라보았어.

"나는 그 소방관을 대신해 채승아를 구할
거야. 실수로 지워버린 확률에 내 목숨을 대신
채워 넣을 거야. 채승아는 살아남아 어른이 될
거고, 몇 년 후에 아주 작은 선의를 베풀 거야.
별것 아닌 작은 선의지만, 그 한 방울의 선의
덕분에 어떤 젊은 수학자가 삶을 포기하지
않고 살아가게 돼. 수학자는 초공간 곡면
기하학 같은 대단한 수식을 미래에 남기지는
못해도, 그 대신 나를 설득해 우주로 데려가.
이 별을 떠나는 건 그 사람의 오랜 꿈이었지.
덕분에 나는 그 풍경과 마주할 수 있었어. 그
사람의 손을 잡고."

내가 상상조차 할 수 없는 머나먼 세계를
응시하며, 너는 이렇게 말했어.

"나는 그 사람에게 그 풍경을 돌려주고
싶어."

나는 필사적으로 널 붙잡았어.

"그럼 문신 양아치는? 네 행복은 어쩌고?"

그러자 너는 천천히 고개를 돌려 나를
향해 미소 지었어.

"아빠, 그 사람이 문신 양아치야."

결국 네 손을 놓아줄 수밖에 없었어. 이미
정해진 결말대로.

여전히 해소되지 않는 의문이 있어. 네가
매듭을 묶어 정해진 삶을 살기로 결심하게
된 건 어쩌면 내가 너를 카드로 훈련시켰기
때문일까? 아니면 너는 원래부터 그런
식으로밖에 살아갈 수 없는 존재였던 걸까.

나는 영원히 증명할 수 없는 후회 속에 파묻혀 있어. 그 정해진 삶조차 너의 선택이라는 걸 알지만, 마음으로 받아들이기가 쉽지 않아.

몇 년 만에 고민을 멈추고 편지를 썼어. 우주 어딘가에는 네가 화재에서 살아남았는데도 내가 그 사실을 몰라서 이것과 똑같은 편지를 쓰게 되는 가능성의 세계도 존재하지 않을까 싶었어. 어쩌면 그곳에서 너는 이 편지를 읽고 있을지도 몰라. 그런 상상을 하며 펜을 들었어. 그렇다면 이 편지는 너의 과거를 정리한 기록일까. 아니면 너의 미래를 결정할 예언일까. 혹은 그저 한 편의 소설에 불과할 수도 있겠지.

소연아, 보고 싶어. 볼 수라도 있었으면 좋겠어. 네가 미래를 바라보듯 나도 과거를 볼 수 있다면 얼마나 좋을까. 그 반짝이는 시간들이 저 너머에 여전히 존재함을

알면서도 나는 그저 내 안의 막연한 기억을
겨우 쓰다듬을 뿐이야.

　마지막으로 소식 전할게. 얼마 전 승아를
만났어. 여전히 건강하게 잘 자라고 있더라. 그
애는 지금도 가끔씩 네 유골함에 꽃을 남기곤
해. 그리고 문신 양아치도 봤어. 아직은 문신
안 했더라. 그놈은 언젠가 네가 전해준 풍경과
마주하게 되겠지. 부럽고 얄미워서 뒤통수를
한 대 때려줬어. 그 정도는 괜찮지? 그마저도
네가 선택한 결과일 테니까.
　사랑하는 우리 딸.
　있는 힘껏 네 슬픔 너머를 지켜볼게.
　안녕히.

작가의 말

    태어나고 얼마 지나지 않아 아이는 중력과의 싸움을 시작했다. 우연히 뒤집은 몸을 다시 원래대로 뒤집지 못해 서럽게 울며 애쓰는 모습이 애처로웠다. 손가락으로 툭 건드려 몸을 넘겨줘야 할까? 아니면 감내의 시간을 갖도록 두어야 할까. 지금도 이런데 앞으로 얼마나 많은 고민과 선택을 마주하게 될까. 아이가 낑낑대는 사이 내 머릿속 상상은 아이의 일생을 가로지르고 말았다. 소설가란 참으로 망상이 심한 사람들이다.

어쩐지 아이의 미래를 알 것 같은 기분이 들었다. 실은 이미 정해져 있는 것이나 다름없으니까. 어차피 사람들은 비슷비슷한 길을 걷게 마련이다. 인간이라는 종의 한계를 벗어나는 경우는 드물다. 아이는 아마도 내가 지나쳐온 과정들을 비슷하게 겪을 것이다. 비슷한 감정의 단계를 밟으며 성숙해지겠지.

너는 몸을 뒤집기까지 앞으로 몇 번의 실패를 더 경험할까. 걸음마를 떼기 위해 몇 번이나 넘어져 바닥에 부딪치게 될까. 다칠 때마다 상처가 얼마나 쓰라리고 아릴까. 누군가에게 미움받는 순간은? 첫 번째 실연은? 가슴에 품은 불안을 홀로 견뎌내야 하는 긴 밤이 찾아오면 이불 속에 파묻힌 너는 어떤 생각을 할까. 간절한 소망이 좌절되는 순간의 허망함은 또 어떤 충격으로 너에게 다가올까.

안쓰러웠다. 왜냐면 그건 모두 내가 잘

아는 아픔들이니까. 언젠가 아이가 그 아픔에 무뎌지게 되리라는 사실을 알지만, 그럼에도 여전히 안쓰럽다.

그 후로 몇 년간, 아이는 무수한 아픔과 마주해왔다. 그리고 나 역시도. 인간의 기억력은 정말 놀라울 정도로 질겨서, 아이가 새로운 경험을 할 때마다 30년도 더 지난 나의 유년기가 호출되곤 한다.

선명한 기억 속에서 나는 똑같은 아픔을 겪은 어린 자신을 발견한다. 하지만 조금 더 치명적인, 조금만 더 섬세하게 다루었더라면 좋았을, 영구히 못 박힌 상처도 함께.

아이에게 나와 같은 상처를 남기지 않으려 최선을 다한다. 울먹이는 아이 앞에서 단어를 고르고 표현을 다듬어 내 어린 시절과는 다른 결말을 이끌어냈을 때, 나는 마치 내가 미래를 바꾼 시간 여행자가 된 것 같았다.

과거로 돌아가 나 자신의 역사를 고친 것만 같은 기쁨을 느꼈다. 아이를 돌보는 일은 나를 치유하는 과정이기도 했던 것이다.

아이는 아픔을 겪어야 한다. 그리고 나는 치명적인 아픔을 걸러내야 한다. 아픔을 치워주는 게 아니라, 적절히 보듬어 예쁜 흉터로 만들어내는 것이 나의 역할인 셈이다. 앞으로도 이런 일들이 무수히 반복될 것이다. 언젠가는 부모로서의 역할이 끝을 맞이하는 날이 오겠지만 그건 그것대로 쓸쓸한 일일지도 모른다.

나는 여전히 아이의 미래를 안다. 우리가 살고 있는 우주는 무척 비효율적이어서, 들이는 노력에 비해 획득할 수 있는 행복의 효율이 좋지 않다. 영원하기를 바라는 기쁨의 순간들은 원망스럽게도 금세 시간에 휩쓸려 멀어져간다. 아이는 긴 감내의 시간을 버티며

기어이 잃어버리게 될 작은 빛을 온 힘을 다해 움켜쥐고 바둥거리게 될 테지.

하지만 바로 그 작은 반짝임들이 우리를 나아가게 한다. 의미 있게 한다. 서로의 기쁨과 슬픔을 이해하게 만들어준다. 아이는 나의 반짝임을, 나는 아이의 반짝임을 함께 느끼며 각자의 우주를 다채롭게 확장시켜나간다.

미래에 우리가 많은 반짝임을 발견하게 된다면 좋겠다. 아이가 맞이할 반짝임의 순간을 하나라도 더 함께할 수 있기를.

그리고 부디 씩씩하게 이겨내기를 바라며.

2023년 가을
이경희

- 35

매듭 정리

초판 1쇄 인쇄 2023년 10월 24일
초판 1쇄 발행 2023년 11월 8일

지은이 이경희
펴낸이 이승현

출판2본부장 박태근
스토리 독자 팀장 김소연
편집 곽선희 김해지 이은정 조은혜
디자인 이세호

펴낸곳 ㈜위즈덤하우스 **출판등록** 2000년 5월 23일 제13-1071호
주소 서울특별시 마포구 양화로 19 합정오피스빌딩 17층
전화 02) 2179-5600 **홈페이지** www.wisdomhouse.co.kr

ISBN 979-11-6812-736-4 04810
      979-11-6812-700-5 (세트)

값 13,000원

한 조각의 문학, 위픽 wefic